# Kröskenskisten
# Band 5

Von Anja Rosok

Bücher mit dem Titel „... *Beziehungskisten* ... " gibt es mehrere. Eine Alternative musste her.
Ein „Krösken" ist ein Verhältnis, eine Liebelei, im unbefangenen Sinn eine Beziehung, meist heimlich, verborgen, im stillen Kämmerlein ausgelebt.

In den ersten Bänden der Kröskenskisten spielten die Affären im Frühling (I), Sommer (II), im Herbst (III) und im Winter (IV). In diesem Band wird es speziell, gar weihnachtlich und vielleicht ein wenig märchenhaft.

Natürlich sind dies fiktive Geschichten.
Alle Charaktere, Namen, sämtliche Orte, Handlungen und Dialoge sind frei erfunden. Ähnlichkeiten mit lebenden oder verstorbenen Personen und ihren Reaktionen sind rein zufällig und von der Autorin nicht beabsichtigt.

Viel Vergnügen beim Lesen der Weihnachts - Kröskens.

# Kröskenskisten

## *Kurz (-e Beziehungs-) Geschichten*
## *Band 5*

Von Anja Rosok

FSC
www.fsc.org
MIX
Papier aus ver-
antwortungsvollen
Quellen
Paper from
responsible sources
FSC® C105338

Bibliografische Information der Deutschen Nationalbibliothek: Die Deutsche Nationalbibliothek verzeichnet diese Publikation in der deutschen Nationalbibliographie; detaillierte Daten sind im Internet über http://dnb.dnb.de abrufbar.

1. Auflage, September 2021

Herstellung und Verlag:
BoD - Books on Demand, Norderstedt

ISBN: 978-3-7543-1344-2

auch als *e-book* erhältlich

# Inhalt

## Weihnachtswichteln unter Kollegen

Sie will ihn.
Wie soll sie´s ihm sagen?
Soll sie´s mit dem
Wichtelgeschenk wagen?

Ein paar Zeilen schreiben
vom inneren Sehnen.
Darf sie die Lust erwähnen?
Gewagt: nur die Nummer auf
reizender Fotografie.

Das macht sie.

Jetzt oder nie.

# Die Villa

„Es ist außergewöhnlich, dass uns dein Kunde
zum Weihnachtsbaumschlagen einlädt. Es ist
Aufgabe des Lieferanten. Geheuer scheint mir das
nicht!"
„Ach, Donata, sei nicht pessimistisch! Meinst du,
mir gefällt es? Wenn mein Herr Kunde es
verlangt, muss ich dich mitschleppen. Genieß es!
Wir brauchen nichts auszurichten. Du hast keine
Arbeit. Du bist nicht die Gastgeberin, die die
Köchin oder gar das Dienstmädchen für die
verwöhnten Herren spielt. Genieße den Abend!"
Olaf klickte sein Smartphone aus der
Navi-Halterung, zog den Zündschlüssel ab und
half mir beim Aussteigen.
´Höflich kann er sein, wenn er will. Kein Wunder,
dass die Frauen auf ihn fliegen.` Ich seufzte.
In Höhe der geschmückten Tanne fiel ihm auf, die
bestellte Lieferung im Kofferraum gelassen zu
haben.

„Bin gleich wieder da. Geh schon die Stufen hoch! Du unterkühlst dich in deinem aufreizenden Outfit."

Er lief den verschneiten Kiesweg zurück.

In den wenigen Sekunden, die verstrichen, bis er zurückkam, fühlte sich meine Haut in dem dünnen Kleid eisig an. Zitternd klopften wir den Goldring an der massiven Eingangstür.

Anstatt ein plumpes Bollern zu erzeugen, spielte eine festliche Glockenmusik. Mich traf der Schlag, als ein bezaubernder Engel öffnete.

Ich brachte nur: „Einen schönen Weihnachtsbaum habt ihr!", heraus.

„Zur Tarnung! Für die Nachbarn. Wir stehen nicht drauf', sagte sie, „kommt herein! Ich bin Lili!" Sie streckte uns ihre elfenhafte Hand entgegen.

„Angenehm. Lili von Elisabeth?"

„Nein, von Lilith!" Sie unterstrich mit einem hauchzarten Lächeln ihre Außergewöhnlichkeit. Verdutzt sah ich im Augenwinkel, wie mein Mann errötete. Er fasste sich sofort und zog mit dem gewohnt geschäftlichen Ton einen reservierten Bückling vor. Die blonde Elfe blieb unbeeindruckt. Sie warf sich ihm um den Hals. Nach einer überschwänglichen, wie mir schien, feuchten Begrüßung, nahm sie ihm das Paket aus den Armen und führte uns hinein. Mich überkam das Gefühl, dass ich meinen Mann bereits verloren hatte. Als der Hausherr, dunkelhaarig, breitschultrig, ein wenig hinkend, die Arme um ihn legte und ihn in den Wald hinter der Villa entführen wollte, platzte ich fast vor Eifersucht. Oder war es Neid?

„Bis nachher, Donata. Wir werden dir einen besonderen Weihnachtsbaum schlagen."

Olaf drehte sich um und verschwand mit diesem Adonis. Ich blieb in der Empfangshalle zurück. Eine Schar bildhübscher Dienstmädchen in viel zu kurzen Miniröcken umkreiste mich und gehorchte der Femme fatale auf Fingerzeig. Aus Verlegenheit griff ich zu einem der Begrüßungscocktails, die so feierlich angerichtet worden waren. Das anfängliche Kältegefühl schluckte ich mit jedem weiteren Glas hinunter. Als die Herren zurückkamen, hatten mir die weiblichen Geschöpfe die prächtige Villa, die verspielt eingerichteten Schlafgemächer, die

Diensträume, das Wohn- und Arbeitszimmer gezeigt. Meine pessimistische Stimmung war verflogen.

Unser Gastgeber stand neben meinem Ehemann, der schmächtig wirkte in der Eingangstür. Die Ausstrahlung von Mephis hauchte mir etwas mystisch Verbotenes zu. Ich fand Gefallen an ihm, an seinem Haus und sogar an seinem Harem. Ein wenig traurig war ich darüber, dass Olaf die Einladung, über Nacht zu bleiben, nicht annahm und wir angeheitert in unseren Offroader stiegen.

„Sei nicht albern! Du winkst wie ein verzaubertes Kind. Das ist eine Nummer zu groß für dich, Donata!"

„Hast du gesehen, wie er mir zugezwinkert hat?"

„Ich habe auch gehört, wie er deinen Namen gehaucht hat: Donahhtahh … ein Geschenk. Du wärst das größte Geschenk, das dein Mann mir machen könnte. Donahhtahh!" Er kränkte mich. Mein Hochgefühl verblasste. Er steckte sein Handy in die Halterung an der Frontscheibe, tippte die Zieladresse ein und startete den Wagen.

*Bitte beachten Sie die Hinweise auf Ihrem*
*Bildschirm!*

„Wie immer, mein Schatz", antwortete er der
weiblichen Stimme und berührte das Display.
Wir verließen den Kiesweg und fuhren auf die
Landstraße, die uns im Hellen hingeführt hatte
und nun einsam vor uns lag. Die Scheinwerfer
seines Autos warfen einen Lichtkegel auf die
Fahrbahn, der auf der Schneedecke reflektierte.
„Ziemlich abgeschieden hier. Dank meines
modernen Leitsystems ist der Weg mega leicht zu
finden. Einfach genial: Die Technik der
Satelliten, Ortungssysteme und Handywellen!
Aber davon verstehst du ja nichts!"
„Ist das wichtig? Mir reicht es, wenn du uns
schnell und sicher nach Hause bringst." Über
seine Herabsetzung ärgerte ich mich.
´Die Party ist um`, dachte ich mir, lehnte mich
zurück und zog die drückenden Pumps aus.
Überheblich amüsiert stellte er die Heizung höher
und legte seine Hand auf mein Knie.
„An wen er wohl denkt, mein Göttergatte?" Das
Porträt der Gastgeberin erschien in meinem Kopf.

13

*In 400 Metern von der Straße rechts abbiegen*, ertönte die Navigationsstimme.

Er hüstelte: „400 Meter! Mir würden 400 Millimeter reichen. Dann wäre ich am Ziel."

Ordinär wanderte sein Blick von meinem Knie hinauf in meinen Schoß. Seine Hand rutschte unter den dünnen Stoff. Ich kam mir billig vor. Mephis hatte jede seiner Frauen mit Respekt behandelt und ihnen das Gefühl gegeben, für ihn ganz besonders und einzigartig zu sein.

Mein Mann war nur grob an einem interessiert. Gerade wollte ich seine Finger, die seinem Ziel recht nahe gekommen waren, stoppen, als:

*Jetzt rechts abbiegen*, ertönte.

Beide Hände fassten das Lenkrad. Er fuhr um die Kurve.

„Wieso fährst du von der Straße ab?"

„Angst?! " Verschmitzt schmunzelte er.

Ich hob die Augenbrauen und verzog den Mund.

„Vorne soll eine Sperrung sein. Mein Handy hat einen Unfall avisiert."

Mit dieser Erklärung konnte ich akzeptieren, dass er in eine schmale Allee aus Tannen fuhr.

Wegen der dichten Bäume war der Schnee nicht zu Boden gefallen. Das Licht unseres allradangetriebenen Wagens wurde verschluckt. „Hm, dunkel! Unheimlich dunkel! Das ist das richtige Plätzchen für uns. Was meinst du? Soll ich anhalten?"

„Ich bin müde, will nach Hause", wies ich ihn ab.

„Zier dich nicht so!" Er fasste mir ins Dekolleté.

*Bitte rechts abbiegen.*

„Wieso wieder nach rechts?", entrüstete er sich.

*Jetzt rechts abbiegen.*

Ich atmete auf. Auch diesmal brauchte er zum Lenken beide Hände.

Seine Navi-Tante, die wie eine Nanny beschützend aufpasste, fing an, mir zu gefallen.

„Warum grinst du so?"

„Witzig, dass du dieser zarten Stimme hörig bist. Mal eine Frau, die dich kommandiert. Der befiehlst du nichts!"

„Was soll das heißen?"

*Bitte scharf nach links abbiegen.*

„Schon besser! Warum nicht gleich so!", stimmte er ihr zu.

*In 100 Metern an der Kreuzung links abbiegen.*

„Geht doch! Also links!", lobte er tätschelnd seine Computerfreundin auf dem Armaturenbrett.
Ich setzte mich auf und griff nach vorn.
Da schlug er mir auf die Hand.
„Lass die Finger bei dir! Was ich nicht darf, brauchst du jetzt nicht zu versuchen!"
„Ich wollte das Radio …"
„Das Radio? Mein Radio! Dann frag´ gefälligst, bevor du etwas kaputt machst!"

*Jetzt links abbiegen!*

Nachdem er die Kurve gemeistert hatte, versuchte er sich an seinem Radio. Kratzende Töne kamen aus den Lautsprechern.
„Was ist?! Klappt´s nicht?", provozierte ich.
„Das liegt an deiner negativen Aura. Schau dich doch mal an!" Mein Blick fiel in den beleuchteten Kosmetikspiegel der Sonnenblende, die ich schnell herunter-, aber auch genauso schnell

wieder hochklappte. An meinem Äußeren hatte sich nichts geändert.

„Konntest du nichts entdecken? Hübsch hässlich, wie immer?", reizte er, „es kommt von innen heraus. Ich spüre die Veränderung zum Unguten."

*In 500 Metern haben Sie Ihr Ziel erreicht.*

„Das Ziel erreicht? Welches Ziel?"
„Weiß ich doch nicht", fauchte ich genervt zurück.
„Dass DU das nicht weißt, ist mir klar."
Wir passierten eine Einmündung, die von links auf uns zustieß, fuhren aber weiter geradeaus. Vor uns lag eine Brücke. Vertrauenserweckend sah sie nicht aus. Morsche Pfosten waren an der Einfuhrschneise abgeknickt. Trotz Schneedecke sah man, dass einige Balken schief standen. Andere fehlten ganz und ließen den Blick auf die darunterliegenden, wurmstichigen Verstrebungen zu.
„Das kann nicht sein. Das System muss sich vertan haben."

„Das System? Olaf, wir hätten den anderen Weg nehmen ...?" Er warf mir einen strengen Blick zu. Ich verstummte.

Nach mehreren Kurbelversuchen schaffte er es, seinen Wagen zu wenden, obwohl die Reifen stellenweise durchdrehten und sich sogar an einem abgesägten Ast verkeilt hatten.

Dann fuhr er zurück.

„Olaf, wir sind gerade von rechts gekommen."

„Hier nicht!" An der nächsten Einmündung wiederholte ich meinen Satz, der mit:

„Meinst du, das weiß ich nicht?", beantwortet, aber nicht befolgt wurde.

*Bitte wenden. Sie entfernen sich von ihrem Ziel.*

„Siehst du!"

„Schon gut, ihr Täubchen. Aber ich fahre jetzt geradeaus! Von wegen: Hörig!", zügelte er mich und seine Orientierungshilfe und tippte bockig auf den Anzeigehinweisen herum.

Alle drei schwiegen wir und folgten dem kurvenreichen Pfad.

*Die Route wird neu berechnet.*

„Tu das, Perle!"

Das dichte Waldstück, das wir passierten, war circa einen halben Kilometer lang mit abgesägten Baumstümpfen gesäumt. Einer von ihnen war meisterhaft in der Form eines Kopfes geschnitzt.

„Wenn mich nicht alles täuscht, sind wir direkt hinter der Villa."

„Oh, der Herr hat einen eingebauten Navigationssinn! Wofür brauchst du dann die ganzen Funktionen an deinem Handy? Die sind nur teurer Schnickschnack."

„Wer bringt denn das Geld heran?!"

Er verstummte, denn lieblich ertönte ein:

*Am Ende der Straße rechts abbiegen.*
*Jetzt rechts abbiegen.*

Olaf tat, wie ihm geheißen. Er fuhr in eine breite Allee, die einen weiten Blick auf den geraden Verlauf zuließ.

*Bitte folgen Sie der Straße einen Kilometer lang.*

„Das ist überschaubar!"

„Apropos: Überschaubar und Geld." So versuchte ich das Thema, das mir schwer im Magen lag, anzusprechen.

„Welches Geld? Hast du in meinen Taschen gewühlt? Sag nicht, du hast die letzten Rechnungen gesehen!"

„Du warst teuer essen, im Hotel … Hotel …? Es liegt mir auf der Zunge."

„Schluck es runter!"

„Ja, geschluckt habe ich! Und nicht zu knapp!"

„Wie vorhin die Cocktails?"

„Lenk nicht ab! Für den Tag hast du dort eine Suite gebucht. Über Nacht warst du nicht weg. Sonst hätte ich es gemerkt."

„Das geht dich gar nichts an!"

„Ich denke schon."

*An der nächsten Kreuzung rechts abbiegen, der B666 folgen.*

Scheinwerfer leuchteten auf und fuhren auf der Bundesstraße an uns vorbei.

*Jetzt rechts abbie …*

„...gen-au! Das weiß ich selbst!", fiel er der Stimme ins Wort. „Willkommen auf der Hauptstraße. Zurück in der Zivilisation."

„Endlich!" Ich war wirklich erleichtert, aus dem Wald herauszukommen. Das heikle Thema stellte ich hinten an, sodass er sich auf den Verkehr konzentrieren konnte. Schwer einzusehen, schoss die Bundesstraße aus einer Kurve heraus.

Olaf fädelte sich umschauend in sie ein.

Auf unserer Spur fuhr niemand und entgegen kam uns lediglich ein Auto. Das Radio flackerte auf und spielte ein Weihnachtslied.

„Das brauche ich bestimmt nicht!", schimpfte er und klickte es aus.

„Schade", bedauerte ich seine fehlende Romantik.

*In 600 Metern haben Sie Ihr Ziel erreicht.*

„Wie jetzt?"

„Olaf, ist da vorn nicht …?"

„Ja! Dieses Ziel war vor zwei, drei Stunden aktuell. Jetzt aber nicht!"

„Wenn ich gewusst hätte, dass du nur um den Block fährst, wäre ich geblieben."

„Sicher hättest du dich von dem Hausherrn gern weiter angraben lassen!"

Wütend kniff ich ihm in seine krabbelnden Finger, die, wie vorhin, unter den Stoff rutschten.

„Au!", schrie er auf und zog seine Hand zurück.

„Sicher wäre das gemütlicher geworden, als mit dir im Auto herumzugurken."

*Jetzt rechts abbiegen.*

„Ne, ne, ne! Ich will nicht!", protestierte er und fuhr an der Einfahrt zur Villa vorbei.

Als Ersatzbefriedigung fingerte er eine Weile an seinem sprechenden Navi-Schätzchen herum.

*Ihr Ziel liegt in einer beschränkt befahrbaren Zone. Jetzt scharf nach rechts abbiegen,*

kam die Antwort.

Wir hatten den dunklen Pfad zum Waldstück erreicht.

„Auf ein Neues!", jubelte er ironisch.

„Aber lass die Finger bei dir!"

„Du willst ja nicht. Aber keine Angst! Die Schönste bist du auch nicht mehr. Hast du nicht

die hübschen Frauen um Mephis herum gesehen? Der Glückliche! Der hat sicher seinen Spaß!"
Instinktiv setzte ich mich gerade und zog die Schultern zurück.

„Keine Chance, Babe. Bleib ruhig auf deinem Beifahrersitz hocken! Bei der Bodenbeschaffenheit, sollte ich mich auf den normalen Verkehr konzentrieren. Dich kann ich nicht gebrauchen!"
Angewidert von seiner Handbewegung weitete ich die Nasenflügel, aber erkannte, dass ich mich entspannt zurücklehnen konnte.

*In 100 Metern rechts abbiegen.*

„Diesmal nicht, Zuckerschnecke!"
Er fuhr, anstatt nach rechts, nach links.

*Bitte der Vorfahrtsstraße folgen.*

„Vorfahrtsstraße!", frotzelte ich, „den Pfad da, meint sie. Da vorne zu deiner Seite knickt er ab."
„Ja! Passt schon!"

*An der Kreuzung links abbiegen.*
*Jetzt links abbiegen.*

„Hier waren wir schon mal!" Ich erkannte den Hauptpfad wieder, der mit unserem quer verbunden war. „Da hinten müsste die Brücke…"

*In 500 Metern haben Sie Ihr Ziel erreicht.*

„Ich glaub´s nicht! Da manipuliert jemand unseren Weg!"
„Das hat bestimmt mit dem Computervirus zu tun. Der hat sich in dein Handy gefressen."
„Wer? Wann? Was?"
„Als du das Ding am PC angeschlossen hast, um den Weg zu Mephis zu finden."

*Gleich haben Sie Ihr Ziel erreicht.*

Ich sah die Brücke vor uns. Sie sollte ganz sicher nicht mein Ziel sein.
Mein Mann ignorierte die turtelnde Stimme.
„Zu Mephis! Etwa ein Computervirus!" Er verniedlichte die Kernaussage meines Satzes. „Da sieht man mal wieder, was für ein Blödchen ich geheiratet habe. Wie konntest du eigentlich so alt werden? Ohne Sinn für die moderne Technik!"
Erst jetzt erblickte er die Überführung, die beim zweiten Betrachten einen noch baufälligeren

Eindruck machte. Sie steuerte geradewegs über die tiefe Schlucht auf die befahrene Schnellstraße zu. Das war unser Ziel, zumindest die Zielstrecke, auf der wir am frühen Abend zur Bundesstraße und letztendlich zur Villa gekommen waren.

So nah war die Autobahn, die heimführte.

Rote Rückleuchten eines davonschleichenden Autos verließen das letzte Stück des Weges, das auf der anderen Seite der Brücke davonführte. Wenn mich meine Augen nicht täuschten, schwankten die Holzbohlen des Übergangs ein wenig.

„Olaf, meinst du, der Wagen ist hier drüber gefahren?"

„Das kann ich mir nicht vorstellen. Ich sehe keine Reifenspuren!"

„Aber dahinten ist die Straße. Los fahr´ endlich!"

„Nein! Nicht mit meinem Auto! Ich wende!"

„Feigling! Vertraust du deinem genialen Navi-Satelliten-System doch nicht?!"

Insgeheim war ich erleichtert, dass er sein Auto so sehr liebte, um es nicht in Gefahr zu bringen. Aber im nächsten Moment ärgerte ich mich, als er den Allrad-Schlitten beim Wendemanöver festsetzte und mich mit meinen Pumps zum Anschieben in den Schneematsch schickte. Draußen konnte ich nicht viel ausrichten.

„Du musst mir helfen!", forderte ich, „unsere Weihnachtstanne hat sich verkeilt."

Ich zurrte an den Halteseilen an der Dachreling, konnte den Baum aber nicht verrücken, um den Wagen zu befreien.

„Auch das noch!" Murrend stieg Olaf aus.

„Hätten wir nicht einen Baum bei uns an der Ecke kaufen können? Weihnachten! Dann wäre ich gar nicht erst in diese blöde Situation gekommen!"

„Dann wäre dir dieses lukrative Geschäft durch die Lappen gegangen."

„Bevor ich es mir anders überlege: Steig ein!", blaffte er mich an und schlug vor die Dachreling. Lange brauchte er nicht, bis wir schweigend auf dem kurvenreichen Stück hinter der Villa fuhren. Meine Füße froren. Meine Stimmung war bei null. Und drittens schwirrten noch zwei große Probleme herum, die es nicht geschafft hatten, ausgesprochen zu werden. Ich tastete mich heran: „Wofür braucht Mephis eigentlich so viel Gold? Doch nicht für Lametta?!"

„Hast du nicht die ganzen Verzierungen gesehen? An den Türen, Treppenaufgängen, Lampen, ja sogar an den Wasserhähnen im Klo?"

„Nein."

„Aber, dass er damit jeder seiner Frauen leuchtende Strähnen ins Haar geflochten hat, ist dir nicht entgangen?"

„Doch! Hatten die goldene Haare?"

„Genau! Wie die drei goldenen Haare des Teufels. Lächerlich! Sicher hat dein falscher, hinkender Adonis seine Schicksen mit dem Gold für ihre liebreizenden Dienste bezahlt."

„Mein Adonis? Bezahlt? Du spinnst ja!", entrüstete ich mich. Bei dieser Vorstellung kribbelte es aber in meinem Bauch. Insgeheim malte ich mir aus, ihn in diesen vielen verführerischen Schlafzimmern zu erleben.

„Gefesselt. Er hat sie mit den goldenen Fäden in seinem Bann gefesselt. Was meinst du?" Olaf blickte zu mir herüber und schien Gedanken zu lesen. „Gewiss. Das würde dir auch gefallen, nicht wahr?!" Es war mir zu dumm, darauf zu antworten. Die Blöße gab ich mir nicht. Ich ließ davon ab, unsere Probleme weiter anzusprechen, und drehte meinen Kopf zum Seitenfenster. Wir starrten stumm in die Dunkelheit.

Nach der nächsten Biegung erkannte ich den Weg anhand der gefällten Bäume. Der hölzerne Stummel, in der Form einer Fratze, tauchte auf.

„Sieh mal Donata, wie das Gesicht von deinem Mephis. So verdammt mephistophelisch, diese Ähnlichkeit!" Olaf ließ nicht locker.

„Es ist doch dein Kunde. Hättest du heute nicht das Gold dorthin bringen wollen, hätte ich ihn gar nicht erst kennengelernt."

„Richtig. Das Gold. Hast du ihm eigentlich die Rechnung gegeben?" Jetzt wurde mir heiß, nicht weil die Heizung voll aufgedreht war, sondern weil er selbst eins der Probleme ansprach. Hektisch kramte ich in meiner Handtasche.

„Sie ist noch hier drin. Ich habe vergessen …"

„Was? Bist du dämlich? Weißt du eigentlich, welche Werte ich ihm übergeben habe, ohne dass du ihm die Rechnung stellst?"

Mit zitternden Fingern zog ich den unverschlossenen Briefumschlag heraus und entfaltete das Papier. „Das wollte ich dir vorhin schon sagen."

„Ich fass es nicht! Die Rechnung! Du bist eine …" Er brach ab. Ich half ihm: „... eine gewissenhafte Buchhalterin. Ich habe den Vorgang ausgedruckt. Aber ich glaube, wir hatten einen Computervirus. Denk mal an den Irrweg, den dir dein Navi vorgaukelt, seitdem du dein Handy am PC angeschlossen hattest."

„Jetzt hör auf! Das glaubst du doch selbst nicht! Was hast du mit der Rechnung gemacht?"

„Ich weiß nicht. Sieh selbst. Er hat mir immer wieder einen Nullbetrag gedruckt, mit dem Zusatz: Ware wird zu Musterzwecken kostenlos frei Haus geliefert."

„Was!!!"

*Bitte rechts abbiegen,* meldete sich die Stimme, die mir allmählich vertraut vorkam.

„Donata, das kann nicht sein! Zeig her!" Jetzt stoppte er den Wagen, studierte das Stück Papier und schrie mich an: „Weißt du eigentlich, wie ich - nicht dein Mephis - dir das alles bieten kann. Dein teures Kleid, deine ausgefallenen Schuhe, diesen warmen Wagen. Sieh zu, dass du ...!"

Er rückte zu mir herüber und streckte den Arm Richtung Tür. Mir stockte der Atem.

´Er wird mich doch nicht? Hier? Bei der Kälte?`

„Gib mir sofort den Stift aus dem Handschuhfach!" Kleinlaut gehorchte ich und beobachtete gebannt, wie er mit verbitterten Gesichtszügen schrieb. Endlich: Er setzte die Fahrt fort.

„Du Schlampe!", nuschelte er in den Bart, den er nicht hatte.

„Schlampe? Wer die Schlampe ist, liegt wohl auf der Hand. Oder meinst du, ich wüsste nicht Bescheid?" Mutig, nicht vor die Tür gesetzt worden zu sein, ging ich zum Gegenangriff über.

*Bitte folgen Sie der Strecke einen Kilometer lang.*

„Olaf, ich durchschaue dein Spiel. Beim Empfang hat dich diese Lili oder Lilith – wie sie sich nennt – so innig vertraut geknutscht. Sicher war sie die Frau, mit der du das Hotelzimmer ausprobiert hast!" Das Zucken seiner Oberschenkel verriet ihn. Ich hatte ins Schwarze getroffen.

„Das Parfüm habe ich wiedererkannt. Du brauchst es nicht zu leugnen!"

Er wurde abweisend sachlich: „Einer musste dieses Geschäft an Land ziehen. Das fordert seine Opfer!"

*An der nächsten Kreuzung rechts abbiegen!*
*Der B666 folgen.*

„Schönes Opfer! Hast du nicht gesehen, wie sie dich hat abblitzen lassen? Sie hatte vorhin nur noch Augen für mich und ihren Mephis. Du bist sicherlich ihr Opfer gewesen. Aber anders, als du es gern hättest!"

Er schwieg. Das gab mir Gewissheit. Olaf dachte über das bisschen Wahrheit in meinen Worten nach.

„Vielleicht, Donata, vielleicht. Aber meinst du nicht, dass du in dieser Villa fast auch Opfer gewesen wärst, wären wir nicht gefahren? Denk mal an die intimen Berührungen von meinem ehrenwerten Kunden."

„Intim!?" Die Gedanken daran ließen mich den heißen Atem seiner Handküsse auf meiner Haut spüren. Ich fantasierte seine weichen Lippen meinen Arm hinauf und errötete. Der Gedanke an Mephis' tiefe Stimme raubte mir den Atem.

Sein Körper war meine Verführung. Lüstern kreiste alles um das Eine, das bisher Unerfüllte, das ich nicht mit Olaf durchspielen wollte. Warum dieses Verlangen nach dem Verbotenen entfacht worden war, wusste ich nicht. Wahrscheinlich lag es an der berauschenden Wirkung der Cocktails.

Plötzlich war mir, als ob mein Mann die nervösen Regungen um meinen Bauchnabel herum beobachtete. Panisch versuchte ich, meine innersten Sehnsüchte zu zügeln und konzentrierte mich auf meine Atmung, tief und ruhig, ein und aus.

„Donata?"

Ich erschrak, doch ertappt worden zu sein.

„Meine Liebe, nichts ist passiert. Obwohl ich dich wegen deines Liebreizes als Aushängeschild mitgenommen hatte. Für die Folgeaufträge, verstehst du, Donata?" Schnalzend knipste er mir ein Auge zu. „Nicht einmal dafür bist du zu gebrauchen, wie man sieht. Wofür denn dann eigentlich?" Er wedelte mit der bekritzelten Rechnung.

*Jetzt rechts abbiegen.*
*In 600 Metern haben Sie Ihr Ziel erreicht.*

„Mein Ziel? Schwachsinn! Hier stimmt alles nicht!" Beim Tippen krabbelte er fast in seinen Apparat hinein und fuhr, ohne die Geschwindigkeit zu drosseln, weiter. Die grellen Scheinwerfer eines hupenden Fahrzeuges blendeten uns.

„Pass auf!", rief ich. Reflexartig griff ich ihm ins Lenkrad und wir rissen den Wagen zurück auf die rechte Spur.

„Das machst du nie wieder! Hast du mich verstanden?!", schrie er mich an und gab mir eine Ohrfeige.

*Sie haben Ihr Ziel erreicht.*

„Wirklich, Olaf, es reicht! Hier ist die Einfahrt zur Villa. Hier steige ich aus!"

„Wenn du das machst, dann …"

„Was?"

„Dann ... dann kannst du gleich da bleiben!"

„Vielleicht will ich das ja! Folgeaufträge, du verstehst!", fauchte ich zurück und zeigte ihm die kalte Schulter.

Er machte keine Anstalten anzuhalten.

„Stopp! Jetzt!", brüllte ich und riss noch während der Fahrt die Tür auf. Sofort bremste er. Überhastet schnallte ich mich ab und stürzte hinaus.

Mit hochrotem Kopf warf er mir die Rechnung vor die Füße und zischte: „Dann kläre das gleich mit! Du hast es schließlich vermurkst."

Zornig knallte ich den Wagen zu, vergaß dabei meine Handtasche. Als ich die Tür wieder aufreißen wollte, fuhr Olaf an.

„Mein Ausweis!"

Mit durchdrehenden Reifen und aufheulendem Motor preschte er die Straße entlang. Aus der Beifahrertür wedelte ein Zettel.

„Die Rechnung!", rief ich, „sie muss beim Zuknallen nach oben gesogen worden sein und hat sich verklemmt."

Olaf verschwand an der nächsten Ecke rechts im Waldweg.

„Alle guten Dinge sind drei!" Ich lachte ironisch.

„Und nun? Was mache ich hier ohne triftigen Grund?" Mir wurde kalt.

Allein auf mich gestellt kehrte ich der Situation den Rücken und bewegte mich langsam über den Kiesweg auf die Villa zu. Je näher ich kam, desto mehr zitterte ich. Aus Furcht? Aus verletztem Stolz? Haltlose Wut stieg allmählich in mir auf. Als ich in Höhe des beleuchteten Weihnachtsbaumes stand, platzte ich fast vor solcher. Mit Wucht schmetterte ich den schweren Goldring vor das Plättchen auf der weißen Tür. Erst lange nach dem Verklingen der Glockentonfolge öffnete sie mir.

„Er war nicht der Richtige für dich! Um das zu merken, brauchte ich nur eine Stunde im Hotel!"

´Das gibt sie zu?`, stutzte ich.

„Sei froh, dass du jetzt bei uns bist!"

Beschützend nahm sie mich in den Arm. Ein kribbelnder Schauer erfasste mich, als sie mir ins Ohr flüsterte: „Den brauchst du nicht mehr. Du hast etwas Besseres verdient!"

Ihr Kuss kitzelte zärtlich an meinem Hals. Mich erfasste eine Gänsehaut, wie ich sie noch nie zuvor erlebt hatte.

„Mephis, sie ist jetzt da!", rief sie in Richtung Arbeitszimmer.

„Ihr wusstet, dass ich komme?"

„Klar! So war´s geplant. Sieh selbst!"

Sie führte mich ins schummerig verdunkelte Arbeitszimmer, dessen einzige Lichtquelle der laufende PC war. Auf seinem Bildschirm waren drei Fenster nebeneinander geöffnet.

Das eine zeigte in einem gleitenden Schwenken das komplette Anwesen der Villa samt Weihnachtsbaum.

Das zweite eine hybride Landkarte, wie ich sie von den Strecken-Suchmaschinen aus dem Internet her kannte. In diese trug mein Mann immer seine gewünschten Routen ein, um sie mit der genauen Fahrtzeit berechnen und in sein Handy speichern zu lassen. Doch die an diesem Rechner zeigte nur grob ein Waldstück. Dafür blinkte eine vergrößerte, rückwärts laufende Uhr die Restzeit von 6 Minuten und 66 Sekunden. Allerdings war das längst nicht so merkwürdig, wie im dritten Bild, trotz Dickicht der Bäume, den eigenen Wagen absolut real erkennen zu können. Von Olafs Lippen las ich ab, wie er mich verfluchte und die Handtasche aus der Vertiefung der Beifahrerarmatur riss, damit sie ihm nichts verkratzte.

„Was ist das?", fragte ich erstaunt.

„Mein Geschenk, Donahhtahh! Schön, dass du endlich da bist!", hauchte er mir zu und presste mir den ersehnten Kuss auf den Handrücken. Ein feuriger Strom war mir den Arm emporgejagt und entfachte mein Herz. Glühend klopfte es.

Mit einem Klick auf das gekippte Kreuz im oberen Eck des Bildschirms löschte Mephis das Bild von dem leuchtenden Weihnachtsbaum vorm Eingang der Villa.

„Das hier? Das brauchen wir nicht mehr."

Der Bildschirm formatierte sich neu und zeigte die beiden restlichen Programme parallel zueinander.

„Was macht ihr denn da?"

„Wir haben seine Route neu berechnet. Viel Zeit bleibt ihm nicht mehr! Er ist gleich schon da!" Und wirklich: Die Zeit auf der linken Seite war rückwärts gelaufen. Die 6:66 hatte sich reduziert.

„Und wo fährt er hin?"

„Psst!", wurde ich mit einem Fingerzeig zum Schweigen gebracht. Lilith säuselte ins Mikrofon:

*„Rechts der Vorfahrtsstraße folgen. Dann links*
*abbiegen. In 500 Metern haben Sie Ihr Ziel*
*erreicht!"*

„Wohin schickt ihr meinen Mann?"

„Direkt zur Brücke."

„Die befährt der nie! Da waren wir schon
zweimal heute Abend."

„Ich weiß. Aber beim dritten Mal tut er es."

„Das glaube ich nicht."

„Wir können wetten."

„Wetten?"

„Um drei goldene Strähnen."

Mein Blick fiel auf Lili, die ungeniert auf seinem
Schoß Platz genommen hatte und ihm wild
vergnügt ihr Haar entgegenwarf.

Dabei legte sie drei goldene Strähnen frei, die mir
bei ihrer Haarfarbe bisher nicht aufgefallen
waren. Kichernd schüttelten die beiden
dunkelhaarigen Dienstmädchen mit den kurzen
Rüschenröcken ihre Haare und drehten sich.

„Ich habe keine goldenen Haare, wie all diese
Frauen hier."

„Das stimmt. Aber solltest du verlieren, wirst du drei von meinen tragen."

„Das soll mein Wetteinsatz sein?"

„Nicht nur, Donahhtahh." Die Seide meines Kleides umstrich meinen Körper.

„Für mich ist es der Höchste, den du mir schenken kannst."

Ich versuchte, meine Atmung zu beruhigen, indem ich mich auf den Bildschirm konzentrierte. Olaf passierte mittlerweile die Kurve zur Brücke.

„Gut! Gesagt, gemacht!"

„Dann schlag ein, Mädchen!"

Einladend streckte er mir die Hand entgegen. Meine Fingerspitzen berührten seine Haut, deren lodernde Wärme ich spürte. Er packte fest zu. Ich ergab mich den enormen Kräften, die mich bestimmend zu sich heranzogen.

Lili erhob sich, winkte die tuschelnden Dirnen aus der Ecke, die zügig verschwanden.

Zu mir sagte sie: „Du weißt, was das bedeutet!"

„Nicht wirklich. Sag´s mir!"

„Du hast einen Pakt mit dem Teufel geschlossen."

„Ja, ja!" Ich nickte abschätzig.

Mephis hingegen musterte mich. Sein Blick trieb mir eine ungezähmte Welle der Hitze über den Körper. Er sprach ruhig und überlegen:

„Nein, wirklich! Solltest du deine Wette verlieren, und du wirst deine Wette verlieren, bleibst du für immer in unserer Villa und stehst in meinem Dienst."

Die Mädchen kamen kichernd zurück.

Das eine trug über dem Arm eine neue Garnitur Dienstmädchenkleidung und das andere ein goldenes Tablett mit rotem Samtkissen, auf dem Haarsträhnen funkelten.

Die Rechneruhr zeigte noch 66 Sekunden.

Olaf hielt vor der Brücke.

„Siehst du! Er tut es nicht!"

„Warte!"

Es schien so, als würden kurz Motorengeräusche aus dem PC-Lautsprecher aufheulen. Dann sah man eine dicke Wolke aus dem Auspuff qualmen. Die hinteren Räder drehten durch und rissen das Heck des Wagens zur Seite und wieder zurück.

Tatsächlich: Olaf fuhr los.

Gelähmt sah ich die Brücke hinter ihm zusammensacken. Sie raste mit der gleichen

Geschwindigkeit, in der der Wagen vorwärtsgetrieben wurde, nach unten. Das morsche Gerüst riss aus der Verankerung und stürzte in die Tiefe.

Der Wagen fiel, jedoch nur ein kleines Stück. Wie von Geisterhand hing er in der Luft. Unser frisch gefällter Weihnachtsbaum hatte sich im Geäst einer aus der Schlucht hoch gewachsenen Tanne verfangen. Er ließ das Auto wie ein Spielzeug am langen Seil hin und her wippen.

„Zoom mal!", befahl Mephis mir. Er packte meine Hüften und drückte mich in meinem kurzen Schwarzen auf seine festen Oberschenkel. Ich gehorchte. Mit der Lupe schwenkend glitt ich über das Bild der Tür, in der die Rechnung hing. Dann fuhr ich empor zur Fahrerkabine.

Ganz klar konnte ich die Angst im Gesicht meines Mannes erkennen. Er fluchte.

Mit den Pfeiltasten schob ich den Blickwinkel weiter auf die Halterung des Baumes.

Mephis schnippte mit dem Finger vor die Scheibe seines PCs. Die Gurte lösten sich von der Dachreling. Lili eilte herüber. Der Wagen riss von den Seilen ab.

*„Sie haben Ihr Ziel endgültig erreicht"*,

frohlockte sie ins Mikrofon. Schnell musste der Hausherr die Bildschirmanzeige ändern, sonst wäre Olaf unkontrolliert nach unten hin aus dem Zoom gefallen.

„Die Uhr brauche ich nicht mehr! Seine Zeit ist abgelaufen." Da sie nun 0:00 anzeigte, klickte er sie einfach weg. In rot-gelben Farben ging der Wagen samt Rechnung und meiner Handtasche in Flammen auf.

„Erledigt! Und nun zu dir, Donahhtahh!"

\* \* \*

## Kaminfeuer

Das Feuer lodert. Der Baum steht
geschmückt daneben.

Ein Lammfell liegt vor dem Kamin.

Der Sekt ist gekühlt, keinesfalls, um
mit Kumpeln einen zu heben.

Frisch geduscht ist der Armin.

In Heil´ger Nacht will sie sich vom
Alten trennen,

mit offener Bluse in seine Arme
rennen.

Ein Versprechen, das sie bricht.

Auch nach Stunden kommt sie nicht.

Das darf doch wohl nicht wahr sein.

Er haut die Tanne kurz und klein

und heizt damit gewaltig ein.


Da klingelt sie, drückt mehrmals den
Knopf.

Armin ist schlaff.

Ihm brummt der Kopf.

Sechs Sektflaschen, die sind leer.


Er will, aber kann heut´ Nacht

nicht mehr.

## Dessous-Geschenke

*Der Weihnachtsbaum ist festlich geschmückt.*

*„Und das ist für mich?", ruft sie entzückt.*

*Dem Ehemann ist's heiß. Er wird knallrot.*

*Hätte er die Größen vertauscht, wäre er jetzt tot.*

Das Pendant dazu konntet ihr in Band 4 der Kröskenskisten unter dem Titel *„Parfüm zum Valentinstag"* lesen.

# Auf drei

„Ich bin wieder da, hab´ alles bekommen. Das wird ein Festschmaus morgen. Manu? Warum liegst du auf der Couch?"

„Lass mich in Ruhe!"

Sie drückte die Wärmflasche an ihren Unterleib und kehrte Sebastian den Rücken zu. Behutsam zog er ihr die Wolldecke zurecht und strich Manuela über den Rücken. Mit einem kalten Schulterrucken wies sie ihn zurück.

„Du weißt doch gar nicht, was los ist."

„Ist es so, wie bei den letzten beiden Malen?", fragte er.

„Und wenn?"

„Dann liebe ich dich trotzdem."

„Aber das ist nicht dein Wunsch. Ich kann dir eben nicht das geben, was du willst. Will ich auch schon gar nicht mehr. Will lieber Karriere

machen. Das machen andere Frauen auch. Ah!"
Sie krümmte sich.

„Soll ich dir einen Tee holen?"

„Besser: Du gehst Zigaretten holen."

„Ach, Manu. Soll ich dich fahren? Hast du den
Arzt angerufen?"

„Nee, aber deine Mutter hat schon viermal
angerufen. Sie nervt. Du nervst. Ich will einfach
nicht mehr. Lass mich in Ruhe! Hau ab! Geh!
Jetzt!"

„Alles klar, mein Schatz. ICH kann nichts dazu.
Aber wenn es einen Schuldigen geben muss,
bitte. Ich bin bei meiner Mutter. Nur, falls du
mich brauchst."

Er knallte die Wohnungstür. Sie schluchzte.


* am späten Nachmittag *


Mirijam hatte sie begleitet. Die Ärztin meinte, es
ist ein dreiviertel Jahr her und es sei ganz normal,
dass sie es durch den verdrehten Rhythmus erst
Wochen später gemerkt hat. Ihr Körper stellt sich
jetzt um. Beim Ultraschall konnte sie das

pochende Herz, aber nichts Ungewöhnliches sehen. Alles in bester Ordnung.

„Was wirst du ihm nun sagen?"

„Ach, Miri, ich hab mich so dämlich verhalten. Seine Mutter wird ihm gehörig reinreden."

„Du willst IHN heiraten, nicht sie."

„Nach allem, was ich ihm an den Kopf geklatscht habe, ist das nicht der richtige Zeitpunkt. Wenn ich ihm das sage, ..." Sie streichelte ihren Bauch.

„... dann fühlt er sich womöglich dazu genötigt. Obwohl ..." Manuela dachte zurück. „Bei den letzten beiden Malen hat er auch nicht gefragt. Wer weiß. Vielleicht war es auch deshalb."

„So darfst du nicht denken."

„Und wenn ich es auch dieses Mal verliere?"

„Willst du es ihm verschweigen? Über kurz oder lang wird er es sehen."

Beide betrachteten das Ultraschallbild.

„Nur ein kleiner Kreis, ein Punkt und daraus entsteht Leben ... oder ... Kummer."

„Das ist Leben, Manu, und das wird euch ab sofort begleiten. Das weiß ich."

Sie drückte ihre Freundin. Beide dachten an den Heiligen Abend.

*am nächsten Morgen*

„Du hast lang geschlafen. Geht es dir besser, mein Schatz?"

„Was hat deine Mutter gesagt?"

„Sie kommt nicht. Heiligabend gehört uns ganz allein." Sebastian küsste sie auf die Stirn.

Manuela lächelte. „Sollen wir das Essen vorbereiten?"

*am Heiligen Abend*

Zwei Stunden hatten sie in der Küche verbracht. Dann gingen sie duschen, machten sich schick. Nun saßen sie am Tisch.

„Was für ein Festschmaus."

„Weiß nicht?!"

„Manu, eigentlich wollte ich bis nachher warten."

„Ich nicht."

„Bitte, schau mal unter die Serviette."

„Unter meine oder deine?"

„Manuela, mir ist es wichtig." Er sah das Zucken ihrer Augenlider. „Egal, was kommt. Ich will, dass du eins weißt. Du musst auf keinen Fall ..."

„Muss ich doch."

„Auf keinen Fall musst du dich gezwungen fühlen, deinen Job aufzugeben."

„Was?"

„Ich möchte auch nicht, dass dieses Fest ein trauriges wird, weil ..." Er räusperte sich. „Ich weiß eigentlich gar nicht, was los war ... los ist." Sein Kiefer verriet die Anspannung. „Manu, eins weiß ich: Auch wenn meine Mutter auf ihren Enkel hofft - wenn keiner kommt, kommt keiner. Ich werde mir deshalb keine andere Frau suchen. Manu, bitte ... Bitte schau unter die Serviette."

„Nicht, bevor du unter deine geschaut hast. Sebastian, ich liebe dich, egal, was kommt."

„Also beide? Auf Drei!"

„Eins, zwei, ..."

## Der Antrag

Soll ich ihr unter dem Baum einen Antrag machen?

Könnte gut gehen. Dann würdet ihr beide lachen.

Du kannst es aber auch bereuen.

Dann werde ich von nun an das Weihnachtsfest scheuen.

# Ge(h)liwei(h)n

„Hallo, hallo-oh!"

„Hallo? Wer ist da?" Mit verweinten Augen sah er sich im kalten Schlafzimmer um. „Jetzt ist es soweit. Die können mich einweisen."

„Hallo-oh, hallo Klaus?"

„Wer spricht denn da?"

„Ich bin´s, die Stimme der gelingenden Weihnacht. Du weißt schon."

„Nichts weiß ich."

„Doch, du kennst mich. Ich arbeitete mit deiner Frau zusammen."

„Meine Frau hat nicht gearbeitet."

„Und ob. Immer vom Nikolausabend an hat mir deine Frau in den letzten Jahren geholfen. Und auch sonst das Jahr über."

„Nikolausabend? Unseren Kindern hat sie die Schuhe gefüllt. Das hat sie gemacht."

„Genau!"

„Angelika hatte einen Unfall."

„Ich weiß. Aber mit ihr ist sicher nicht das Weihnachtsfest gestorben."

„Für mich schon."

„Nein, Klaus. Denk mal an die Geschichte zurück. Es geht weiter. Das ist Tradition. Tradition gibt Halt. Du hast Kinder. Wer füllt nun die Stiefel?"

Klaus drehte sich um, zog sich die Decke über den Kopf und biss ins Kissen. „Mir egal", schluchzte er. Daran wollte er nicht denken. Er wollte an nichts mehr denken und schlief irgendwann ein.

Der nächste Tag überflutete ihn mit Stress: Arbeitsalltag, Schule, Kindergarten, Organisation der Betreuung und so weiter. Das Essen für seinen Nachwuchs brauchte er nicht zu kochen, das übernahm seine Mutter.

Für Trauer blieb keine Zeit.

Erst spät, als er die Kleinen ins Bett gebracht hatte, überkam ihn das schwere Gefühl. Frierend wickelte er sich in der Bettdecke ein.

„Hallo, hallo-oh! Klaus! Ich bin hier. Du erinnerst dich? Die Stimme der gelingenden Weihnacht."

„Nein!"

„Doch! Es bleiben uns nur noch drei Tage zur Vorbereitung. Du musst Lebkuchen, Nüsse, Orangen, Schokomänner und Tannenzweige einkaufen."

„Muss ich das? Dieses Jahr fällt es aus. Das sagte ich bereits." Er drehte sich wieder um, drückte das Kissen auf die Ohren und kniff die Augen fest zu. Gerädert wachte er am nächsten Morgen auf. ´Diese Stimme der Weihnacht, hab ich das geträumt?`

Zum Nachdenken blieb keine Zeit. Für den bevorstehenden Tag machte er zuerst sich und dann die Kinder fertig, telefonierte noch schnell mit seiner Mutter, um die Nachmittagsbetreuung abzusprechen und versumpfte im Stress.

Diesen Abend kam er spät von einem Außendiensttermin nach Hause. Der Fernseher lief. Seine Eltern waren bei ihm und schliefen im Sessel. Beim Zuschieben der Wohnungstür rutschte ihm die Klinke aus der Hand. Es krachte. Beide waren sofort wach.

„Entschuldigung!"

„Macht doch nichts, mein Junge. Wie war dein Tag?", begrüßte ihn seine Mutter, „bin froh, dich zu sehen."

„Junge, Junge! Ich dachte schon, du seiest der Nikolaus mit der Rute. Er, nein, eher sein Freund Ruprecht, rumpelt so. Dann wärst du aber zwei Nächte zu früh dran, mein Sohn." Sein Vater rappelte sich hoch.

„Nikolaus. Ach, übrigens: Danke, noch einmal für die Adventskalender, die ihr den beiden besorgt habt. Sie haben sich sehr gefreut."
Er zog seine Schuhe aus und verstaute sie im Schuhschrank. Ohne Umschweife kam es aus ihm heraus: „Habt ihr schon einmal von der Stimme der gelingenden Weihnacht gehört?"

„Sag bloß, du hast sie gehört. Das ist ja toll! Weißt du, nicht jeder ist dafür empfänglich."

„Fasel nicht Else! Es ist spät. Wir müssen los. Lass den Jungen ins Bett gehen", unterbrach der Vater, half ihr in den Mantel und zog sie zur Tür.

„Bis morgen dann, mein Junge. Und freu dich drüber." Sie küsste ihn auf die Wange, wie Mütter das so tun. Sein Vater verabschiedete sich mit einem festen Händedruck: „Das schaffst du schon. Mach was ´draus, mein Sohn.“

Seine Eltern gingen.

Er war allein.

Zu Abend aß er nicht, obwohl leckere Schnitzel in der Pfanne lagen. Essen wollte er schon lange nicht mehr. Dann warf er einen Blick in die Kinderzimmer und schlüpfte in seinen Pyjama.

„Hallo, hallo-oh!“

„Ja, hallo. Ah, die Stimme der *gelingenden Weihnacht*“, begrüßte er genervt die Dunkelheit.

„Genau. Du findest auch: Der Name ist zu lang. Dann nenn mich einfach Geliweihn, Geliweihn hinten mit h. Ge- li wie ge-lingen und weihn wie Weihnacht. Geliweihn hinten mit h.“

„Hinten mit h?“

„Ja, das h, was man auch aus hahaha oder hohoho kennt. Aber wenn ich dich so anschaue, schreibst du es vorne mit h, wie: ich ge-h lieber wei-nen!“

´Geliweihn, wie dämlich! ´, dachte er und schwieg.

„Deine Gedanken habe ich gehört. Mache ich etwa Witze über deinen Namen? Lass das!

Hast du die Dinge eingekauft, die ich dir gestern aufgetragen hatte?"

„Nein, natürlich nicht."

„Wie?"

„Wann auch? Hatte viel zu tun."

„Wann tust du es dann?"

„Lass mich schlafen! Ich bin müde."

„Wann? Wann? Wann? Sag schon! Wann?"

„Morgen. Und jetzt gib Ruh!"

„Ich verlasse mich auf dich."

Klaus drehte sich um und konnte schlafen.

Am nächsten Tag holte er die Kinder bereits um vier Uhr bei seinen Eltern ab. Seine Mutter ließ ihn nicht gehen, bevor er nicht gegessen hatte, und drückte ihm beim Abschied eine zugeknotete Einkaufstasche in die Hand.

„Schau nachher hinein, wenn du allein bist. Das wirst du brauchen, mein Junge."

Klaus bedankte sich, fuhr mit den Kindern nach Hause. Den ganzen Nachmittag spielte er mit ihnen. Schließlich hatten sie ja nur noch ihn. Als er sie abends ins Bett brachte, zuerst die Kleine, dann den Großen, bemerkte dieser:

„Du Papa, dieses Jahr wissen wir genau, ob es den Nikolaus gibt."

„Warum?"

„Ist doch klar! Mama ist nicht mehr da. Wenn nicht er, wer sollte sonst diesen Job machen?"

„Aber was hat Mama damit zu tun?"

Sein Junge lächelte ihn verschmitzt an: „Ach, Papa. Ich bin schon groß." Grinsend gab er ihm einen Kuss und drehte sich zu seinem Kuscheltier um. Klaus stand für ein paar Minuten wie angewurzelt da, verließ dann schweigend den Raum. Ein Blick ins Zimmer seiner Kleinen verriet, dass sie bereits schlief.

„Hallo! Hallo-oh!"

„Hallo Geliweihn. Ich hab schon auf dich gewartet."

„Hast du die Sachen?"

Ihm fiel die Tasche im Kofferraum seines Autos ein, die seine Mutter ihm mitgegeben hatte.

Er hoffte und log frei heraus:

„Klar. Nun klär mich auf! Wie soll das ablaufen?"

„Weißt du das nicht? Hast du denn nicht aufgepasst, was deine Frau gemacht hat?"

„Doch, natürlich. Immer. Jedes Jahr!", verteidigte er sich.

„Dann bis morgen Abend. Schlaf gut!"

Der Morgen, Mittag, Nachmittag verstrich. Der Abend kam. Klaus´ Kinder waren aufgeregt. Seine kleine Tochter putzte fast eine halbe Stunde lang an ihrem Stiefel. Sein Sohn nahm ein neues Paar Boots aus dem Schrank. „Hat Oma mir gekauft. Brauche ich gar nicht zu putzen. Bringt in diesem Jahr eh nichts."

„Doch! Denn heute kommt der Nikolaus. Die müssen sauber sein", protestierte seine Schwester.

„Du bist klein", antwortete er als großer Bruder, stellte aber trotzdem den Stiefel neben ihren auf die Fußmatte vor der Wohnungstür.

„Da wird sich der Nikolaus aber freuen. Wetten? Artig wart ihr ja, oder?"

Das wilde Nicken der beiden brachte ihn zum Schmunzeln. „Nun aber ab Marsch ins Bett!"

An diesem Abend schliefen seine Kinder spät und unruhig ein.

Es dauerte bis, „Hallo! Hallo-oh!", Geliweihns´ Stimme ihn aufforderte: „Los geht es, Klaus! Leg los, Nikolaus!"

„Keine Witze über Namen?!"

Mit gemischten Gefühlen schnappte er sich die Autoschlüssel und schlich in den Hausflur.

´Bloß kein Licht, im Dunkeln ist es stiller! `, dachte er, holte sich den Beutel aus dem Kofferraum und ging zurück. Vor der Wohnungstür entwirrte er den Knoten, der den Inhalt der Tasche verschlossen hatte.

„Wow! Mutter, du bist ein Engel", flüsterte er zu sich und blickte bedrückt nach oben.

´Stell dir nur mal vor, sie hätte das Weihnachtszeug nicht eingekauft! `

„Da wärst du jetzt ganz schön ins Schwitzen gekommen, nicht wahr Klaus?!" Geliweihn machte sich über ihn lustig. „Aber ganz ruhig. Ich wusste es. Sonst hätte ich dich gestern wohl kaum schlafen lassen. Nun fang an!"

Klaus bestückte die Stiefel seiner Kinder mit Schoko-Nikoläusen, Nüssen und Clementinen.

„Was hat Mutter mir denn noch alles eingekauft?" Er kramte im Beutel. „Schokokugeln. Fußballschokokugeln! Wie früher", freute er sich und riss die Tüte auf. Er pellte das Glanzpapier vom Ball und ließ diesen einen im seinem Mund, jeweils zwei in die Stiefel seiner Kinder und die restlichen der Tüte in seiner Hosentasche verschwinden.

´Hmm! Dieser Schmelz von Schokolade! Wunderbar! Weihnachtlich!`

Gerade wollte er zurück in die Wohnung gehen, da ermahnte ihn Geliweihn: „Was soll das? Du bist noch lange nicht fertig."

„Die Schuhe sind voll, die letzten Kugeln gönne ich mir und den Rest haben wir dann eben schon für Weihnachten."

„Und die anderen hier im Haus? Meinst du, ihr seid allein auf der Welt? Sieh dich um. Es gibt auch noch andere Menschen, denen eine Freude gut tun wird."

„Warum soll ich? Ausgerechnet ich?"

„Wenn nicht du, Klaus, wer dann? Zieh los. Du bist der Ni-k´laus!"

Der Blick des Erwachsenen sprach Bände.

Soeben war er im Begriff zu antworten, da schien es so, als würde ein Windhauch ihn streifen und vorwärtstreiben. Übersinnlich. Magisch.

Vielleicht war es nur der Luftzug, der von der Haustür zum oberen Flurfenster huschte.

„Ich muss bei dieser Kälte das Fenster schließen. Es zieht", erklärte er. Widerstandslos ließ er sich mitziehen, stieg beide Treppenabsätze empor und blieb vor der Wohnungstür seiner Penthouse-Nachbarn stehen.

„Typisch, Kinderlose. Die stellen keine Stiefel vor die Tür. Diese Sorgen haben die nicht." Klaus wollte hinuntergehen, als sich Geliweihns´ Stimme meldete: „Vielleicht haben deine Nachbarn andere Probleme. Hast du dich nie gefragt, warum keine kleinen Stiefelchen vor der Tür stehen, obwohl sie nicht viel älter sind als du?"

„Du meinst …?"

„Genau!"

„Das ist schade. Irgendwie entgeht ihnen etwas." Er zog die Packung Lebkuchengebäck aus dem Korb und betrachtete die Verpackung.

„Weihnachtsgebäck, das gibt es nun schon im Sommer, bereits Ende August. Da lebte Angelika noch, genau ein Vierteljahr. Ich weiß, wie sie damals unserer Nachbarin ein Päckchen ins Krankenhaus brachte. Stimmt. Da munterte sie sie auf, dass Weihnachten schon alles wieder ganz anders aussehen wird und sie es erneut versuchen sollten." Er seufzte. Mühsam fädelten seine zitternden Finger einen Streifen des abgeschnittenen Geschenkbandes, den er in der Tasche gefunden hatte, durch die Ösen der Brezel.

„Mutter, was weißt du eigentlich alles. Und ich? Wie krieg ich die Dinger nur an die Klinke?" Das kurze Stück des Bandes reichte für einen Knoten. „Geschafft." Er lächelte.

„Los, weiter!"

„Ja, ja, lass mal locker. Nur keinen Stress. Es ist bald Weihnachten."

Zwei Stockwerke tiefer stolperte er über die Schuhe der kleinen Bonbon-Bella, wie seine Kinder sie nannten. Auf der schwarzen Fußmatte konnte man den Schuh nicht erkennen. „Typisch, immer lässt das Blag ihre Sachen im Flur herumliegen."

„Nikolaus!", ermahnte ihn Geliweihn.

„Aber eine Rute könnte ich doch. Oder?"

„Wir wünschen uns ein gelingendes Weihnachtsfest. Bitte!"

„Schon gut. Eigentlich müssten die Eltern selbst drüber fallen."

„Tun sie irgendwann. Und nicht nur darüber."

Schritte hinter der verschlossenen Wohnungstür ließen Klaus innehalten.

´Beeile dich!`, spornte er sich an.

Nervös verstaute er zwei-drei Nüsse und eine Clementine im Schuh und huschte vorbei an seiner Tür die Stufen zum Erdgeschoss hinunter.

„Was ist das?" Sein Fuß wurde nass. „Die Schlitten. Klar!" Sie waren im Hausflur abgestellt worden und tauten friedlich vor sich hin.

„Muss das immer sein?"

„Was meinst du jetzt?" Geliweihns´ Stimme klang ernster.

„Ich hatte gehört, wie die Jungs vorhin erst nach Hause kamen. Die laufen auch bei Wind und Wetter draußen ´rum."

„Kümmert es dich?"

Klaus dachte nach: ´Zwillinge sind bestimmt anstrengend. Der Vater ist oft auf Montage.`

Er blickte auf seine Füße, stand da und träumte.

„Was soll´s!"

„Hallo-oh, Helfer, mein Helfer auf Socken. Was läufst du auch im Hausflur ohne Schuhe herum? Weiter im Takt!"

„Sonst hört man mich doch", verteidigte er sich, bückte sich und zog sich die nassen Strümpfe aus. Dabei fielen ihm aus der aufgerissenen Tüte die Fußballschokokugeln aus seiner Hosentasche. „Auch das noch - Was mache ich hier eigentlich?"

„Ein gelingendes Weihnachtsfest vorbereiten." Klaus patschte mit den Händen auf dem Boden herum, um die in Glanzpapier eingehüllten Kugeln einzusammeln. Erstaunlicherweise waren alle trocken. Mit einem warmen Gefühl legte er sie den Zwillingen in die Winterboots.

„Jungs, halt. Die stehen sicher auf Fußball." Nun tapste er auf der gefliesten Etage das letzte Türchen weiter. „Ach Gott, unsere alte Oma Schneider. Wie lang ist die nun schon allein. Leicht hat die es mit ihrem Gehwägelchen nicht." Er band ihr einen Lebkuchenbrezel an die Handbremse und verzierte ihn mit einem kleinen Tannenzweig. „Frohe Weihnachten!", sagte er. „Noch nicht, Klaus, noch nicht!"

„Warum? Guter Geliweihn! Im Keller wird schon keiner mehr sein oder soll ich den Mäusen auch etwas hinstellen?"

„Sei nicht albern, geh lieber zurück. Über Klein-Bella hast du die Nachbarn vergessen!"

„Das sind doch die beiden Ausländerfamilien, die feiern kein Weihnachten."

„Überleg mal, wie lange diese Menschen schon hier leben. Vielleicht feiern sie nicht Weihnachten, aber über eine kleine Aufmerksamkeit würden sie sich sicher freuen." Klaus überlegte. „Ich habe noch Tannenzweige, Nüsse und Früchte. Ich muss ja keinen Nikolaus verteilen." Er drapierte alles sehr dekorativ neben den überfüllten Schuhregalen und schlich die Stufen zurück in seine Wohnung.

„Viel Weihnachtszeug ist nicht mehr übrig, das reicht definitiv nicht für Weihnachten. Ich muss noch einmal meine Mutter …"

„Deine Mutter?"

Klaus schaute ins Leere, zuckte um die Mundwinkel herum und nickte zustimmend.

„Ich mache es selbst!"

Anschließend riskierte er einen Blick in die Kinderzimmer. Alles schlief.

„Gut, das mache ich jetzt auch."

Er zog sich ins Schlafzimmer zurück und kuschelte sich ins Bett.

„Wie fühlst du dich?"

„Erschöpft. Leer ... Irgendwie frei und erstaunlicher Weise … glücklich!"

„Lass es zu! So ist es recht." Ein bisschen klang Geliweihns Stimme wie die seiner Frau. „Jetzt schlaf gut, Klaus."

„Du auch", antwortete er und schlief ein.

Am Morgen wurde er vor seinem Weckalarm vom Geschrei seiner Kinder geweckt:

„Es gibt ihn noch! Papa, guck mal! Es gibt ihn doch noch!" Stolz zeigte sein Großer ihm den Schokoladen-Nikolaus, der aus seinem Stiefel ragte. „Weihnachten wird kommen! Ich dachte schon, es fällt dieses Jahr aus."

„Warum sollte es? Hast du das wirklich geglaubt?", fragte seine kleine Schwester, „da kennst du Mama aber schlecht! Die passt im Himmel schon auf, dass alles gelingt. Nicht wahr, Papa."

„Das macht sie. Dieses Weihnachtsfest wird bestimmt gelingen." Klaus umarmte seine beiden Kinder und vergoss ein Gemisch aus trauernden Freudentränen.

In den kommenden Tagen spürte er die besinnliche Harmonie der Vorweihnachtszeit, wenn er vom Alltagsstress zurückkam.

Vor dem Haus streiften ihn strahlende Kinderaugen, einmal sogar ein Schneeball, den er, ohne nachzudenken, den Zwillingen in einer wilden Schneeballschlacht beantwortete. Im Hausflur schmeckte er einen Hauch Weihnachtsduft und fand an einem Abend sogar einen Teller Gebäck, zwar nicht das typische Weihnachtsgebäck, aber eins der allerfeinsten Sorte, vor seiner Wohnungstür.

*** *Ihm war klar: Und wenn wir nicht fest daran denken, lebt es nicht mehr.* ***

# Festtagsstimmung

*Die Glocken läuten*

*Die Herzen hüpfen*

*Die Augen glänzen*

*Eine schöne Bescherung*

## Apropos Bescherung

Ob als Mitbringsel, als Wichtel- oder Weihnachtsge-
schenk oder ob du dir das Buch selbst gegönnt hast, ich
bedanke mich ganz herzlich bei dir für dein Interesse.
Wenn dir meine Geschichten gefallen haben, empfiehl
sie gerne weiter, beschere anderen eine Freude damit.
Wenn du magst, schmökere dich auch durch meine
Romane, Kinder- und Bilderbücher. Ich freue mich sehr.

*Deine Werbung ist mein Applaus.*

*-lichen Dank dafür*

## Quellenhinweis / Werke der Autorin

*Die Villa*
Das Original erschien in der Anthologie *Navi des Grauens*,
unter Pia Bächtold im Februar 2011

*Ge(h)liwei(h)n*
Das Original erschien in der Anthologie *Alles schläft,
Einsam wacht* im Oldigor-Verlag 2014

In der Reihe Kröskenskisten erschienen bereits

Band 1    Band 2    Band 3    Band 4

# Romane der Autorin

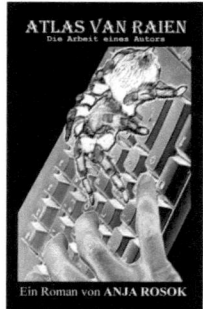

### ATLAS VAN RAIEN

Erst sträubt sich der Autor, die Wette anzunehmen. Dann kann er nicht anders. Obwohl ihn seine Ehefrau zu einer Schreibpause zwingt, muss er es allen beweisen.

Wird er die Wette gewinnen?
Welche Pläne schmiedet seine Frau?

*Ein fantastisch gesponnener Roman, der zahlreiche Phobien in sich bündelt, mit einer großen Portion schwarzem Humor.*

### Riley, eine Entscheidung fürs Leben

Joshua lebt mit seinem Vater auf einer Farm nordöstlich von Alice Springs. Trotz seiner europäischen Wurzeln sind Nungen und Dujah seine engsten Freunde in einem fremden Land. Eines Tages findet er ein niedergestrecktes Känguru. Es schützt über den Tod hinaus das heranwachsende Leben in seinem Beutel. Vom Stammesältesten wird Joshua dieses kleine Joey zum Verzehr geschenkt.

Warum ihm diese Ehre zuteilwird, ahnt er nicht.

*Eine bewegende Reise durch das rote Zentrum Australiens mit all seinen Schwierigkeiten, Gefahren, Mythen und Emotionen.*

### auch als *e-books* lesbar

## Intrigen, Affären und **Punschbrezeln mit Tee**

Tom Ruhn ist der Neue. Sabrin erkennt
ihn sofort. Ihre Freundin Mona hat ins
Schwarze getroffen. Bereits mit seinem
ersten Arbeitstag beginnt für Sabrin Saila
die Achterbahnfahrt der Gefühle.
Hinzukommt, dass Korowski schlüpfrige
Details fordert, mit denen er Toms ehemalige
Firma ausschalten will. Mechthild Granner
legt sich dafür mächtig ins Zeug.

Sabrin muss sich entscheiden. Wird Mona ihr eine Hilfe sein?

# Der Jugendroman

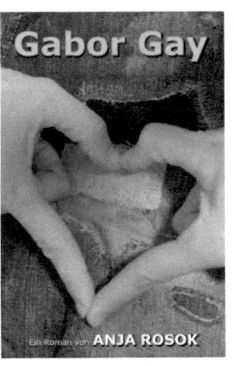

„Hier ´rüber! Flanke! Gib ab!"
Der Morgen beginnt fair –
bis diese blöde Bemerkung fällt
… und dann die Sache unter
dem Torbogen.

Mit wem kann er darüber reden?
Warum weiß seine Schwester davon?
Was weiß sie genau?

Je mehr Gabor darüber
nachgrübelt, desto mehr
verstrickt sich sein Umfeld.

Was ist, wenn man anders ist, als andere meinen?

# Eldemirs magische Weihnachtsbäume

An Eldemirs Stand für magische Weihnachtsbäume dürfen Kinder ihren Baum aussuchen.

Was passiert, wenn Erwachsene meinen, es besser zu wissen?

*Eine zauberhafte <u>Adventskalender</u> – Geschichte zum Mitgestalten, fürs tägliche (Vor-)Lesen, in 24 Kapiteln*

Für Groß und Klein

Alle Geschichten sind auch als *e-books* lesbar

# * Bilinguale Bilderbücher *
## bilingual rhyme picture stories

*... vom Größerwerden und Mutigsein.*

*... über das Anziehen verschiedener Kleidungsstücke.*

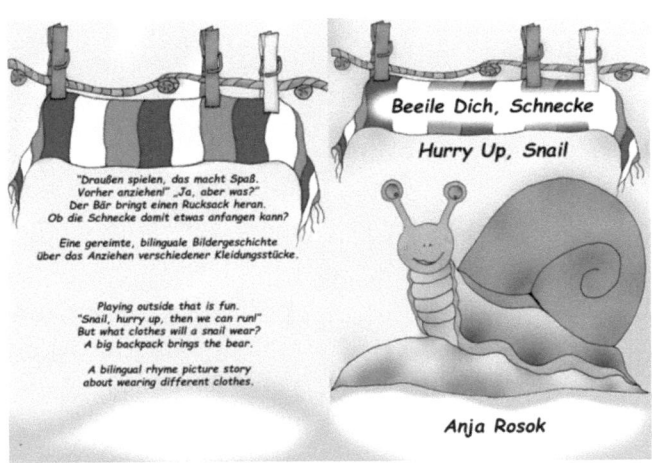